RÉFUTATION

DES PÉTITIONS

DE

M. MADIER DE MONTJAU.

Tous les exemplaires qui ne seront pas revêtus de la signature ci-dessous, seront réputés contrefaits.

Adolphe de Pontécoulant

RÉFUTATION

DES PÉTITIONS

DE

M. MADIER DE MONTJAU,

PAR M.ʳ A. P.

> « .... Les ordres sont donnés pour
> » qu'une information exacte et sévère
> » mette enfin le gouvernement du Roi
> » à portée de connaître la vérité, et
> » les tribunaux de punir les *pertur-*
> » *bateurs* de l'ordre public.
>
> *Lettre de M. le Comte PORTALIS,*
> Pair de France, *à M. MADIER*
> DE MONTJAU.

A NISMES,

Chez GAUDE fils, Imprimeur - Libraire,
Grand'Rue. — 1820.

RÉFUTATION

DES PÉTITIONS

DE M. MADIER DE MONTJAU.

MONSIEUR Madier de Montjau est entré avec
témérité et présomption dans un terrain difficile à
parcourir; c'est un vrai sable mouvant: plus il se
tourmente et s'évertue pour en sortir, plus il
s'y enfonce. En suivant des routes détournées,
souvent on s'égare; la vérité et l'opinion publique viennent, en éclairant tardivement, montrer
les dangers de la route que l'on a commencé
à parcourir, mais alors la retraite est rarement
possible, et l'on est forcé d'achever avec timidité ce que l'on avait commencé avec ardeur :
heureux si le pauvre égaré peut à la fin
de sa carrière dire comme le héros de Pavie,
tout est perdu fors l'honneur.

Aujourd'hui (1) que toutes les passions sont
agitées par les contradictions, par les outrages,
par le spectacle d'un mouvement général; qu'un

----

(1) Chenier.

certain nombre de places électives ont réveillé
toutes les ambitions à la fois : tous les partis,
toutes les opinions se bravent et s'intimident
tour-à-tour. Plusieurs hommes, effrayés,
étourdis de tous ce bruit, *même quand c'est*
eux qui l'ont fait, désespèrent, crient que
tout est perdu, que rien ne peut aller; mais
ils ne voient pas que toutes ces clameurs qui
les épouvantent, ne partent que d'un très-petit
nombre de citoyens, qui sont partout les
mêmes; que cet enthousiasme ardent et exa-
géré, qu'inspirent nécessairement aux hommes,
de grands changemens et de grands intérêts
dont ils ne s'étaient point occupés, se consume
et s'épuise bientôt par sa propre violence.

Un moyen le plus sûr et le plus souvent
employé pour tenir la multitude en haleine !
c'est *les délations.* Nous en sommes inondés
depuis six ans ; qu'a-t-on découvert ? Quel
crime a été démontré, et alors que de tristes
infamies ont été vues en pure perte !

M. Madier de Montjau n'est-il pas bien con-
damnable d'avoir pris à tâche d'entretenir l'*ai-*
greur dans les esprits, d'envenimer les plaies dès
qu'elles paraissent prêtes à se fermer, de réveil-
ler les passions dès qu'elles semblent s'assoupir,
et de ranimer sans cesse cette fermentation
populaire, que l'homme doit craindre puisque
la loi est souvent trop faible pour pouvoir
l'arrêter.

On respirait depuis quelques temps ; le mauvais succès des délateurs les avait réduits au silence, et voilà que M. Madier de Montjau se présente avec une kyrielle de délations toutes plus fortes les unes que les autres, et d'une fausseté presque générale. On commençait même déjà à oublier la triste célébrité du conseiller à la cour royale de Nismes et celle de sa pétition, quand un article du *Drapeau blanc* a révélé l'existence d'une seconde pétition adressée à la chambre des députés, précédée d'une lettre à M. le comte Portalis et suivie d'une lettre à M. Bourdeau. Comme j'ai fait paraître à la hâte quelques réflexions sur la première pétition de M. Madier de Montjau, j'entreprends aujourd'hui la tâche non pénible, mais désagréable, de le réfuter. C'est un noble et vertueux plaisir pour l'homme de bien de poursuivre avec courage le triomphe triste et éphémère de M. Madier de Montjau, de justifier sa conscience en lui apprenant tout le mépris qu'on a pour l'auteur d'un libelle; et de braver avec calme ceux qui ont braver impunément la justice et l'honnêteté..... Braver la justice, en refusant les preuves des faits avancés par l'écrivain..... Braver l'honnêteté, les lettres à M. le comte Portalis et à M. Bordeau sont garant de ce que j'avance ; mais, si M. le comte Portalis méprise les grossièretés, il fera respecter la justice, il ordonnera une enquête judiciaire, le conseiller pourra refuser de paraître ou de répondre à la citation comme témoin ; mais il lui sera lancé alors un mandat de dépôt en vertu des articles 80 et 92 du code d'instruction criminelle, et nous verrons comment M. Madier de Montjau exercera alors ses fonctions de juge pour lesquelles il montre tant d'incapacité, puisqu'il ignore le respect que l'on doit au chef de la justice et aux lois, ce qui est le premier devoir d'un magistrat.

J'ouvre la brochure de M. Madier de Montjau, mes yeux s'arrêtent involontairement sur l'épigraphe que porte la lettre adressée à M. le comte Portalis, pair de France, *sous-secrétaire d'état chargé du porte-feuille au département de la justice.* Je conçois que J.-J. Rousseau, indépendant de corps et d'esprit, philosophe, qui n'avait de religion que celle qu'il s'était forgée, écrive à un évêque catholique : *Pourquoi faut-il, monseigneur, que j'aie quelque chose à vous dire ? Comment pouvons-nous nous entendre, ET QU'Y A-T-IL ENTRE VOUS ET MOI ? Cependant il faut vous répondre ; c'est vousmême qui m'y forcez.* Mais que M. Madier de Montjau, conseiller à la cour de Nismes, fasse l'application de ce passage à la situation dans laquelle il se trouve vis-à-vis M. le comte Portalis, cela devient étonnant ; il faut même se rappeler la maladie à laquelle est en proie l'écrivain pour pouvoir s'imaginer qu'un homme respectable, un homme sensé, puisse à ce point porter l'abus des mots et des citations.

M. Madier de Montjau ne conçoit pas comment sa pétition n'a pas fait même soupçonner pourquoi il s'est écarté, dans l'intérêt de la justice, de ses voies ordinaires. — Il est étonné que le ministre n'ait formé encore que de faibles présomptions sur cette *cause grave*. — Nous sommes obligé d'avouer à Mr Madier que nous ne sommes pas si loin que le ministre de soupçonner les motifs de ses écrits; *l'ambitieux désir d'une vaine célébrité* a, selon moi, dicté la première et seconde pétition à un homme égaré par une imagination ardente : soupçonner d'autres motifs serait faire injure à un homme dans lequel je respecte le caractère dont il est revêtu.

Vous prétendez, M. Madier de Montjau, que des ministres, connus par une longue réputation d'habileté, de vertu et même de courage, ont accusé en masse les citoyens les plus généreux du royaume d'être complices d'un exécrable attentat ; cela est une fausseté, M. Madier de Montjau. Les ministres ont accusé les écrits et non les personnes : cela est bien différent, et vous devez le sentir vous-même ; chacun dit, en parlant de vos écrits : ils sont insensés , exagérés , même on a dit plus ; mais la personne du conseiller n'est point attaquée. Vous les accusez d'avoir gardé le silence sur une accusation de complicité du même crime , intentée sous les yeux et contre un de leur collègue. La Chambre des Pairs avait déjà , M. Madier de Montjau , fait justice d'une pareille absurdité ; les ministres l'ont trouvée si abominable , si dénuée de toute raison , qu'ils n'ont point voulu y répondre. De pareilles sottises , restant sans réplique , font plus de mal à celui qui les écrit qu'à celui à qui elles s'adressent.

Les ministres ont demandé une loi sur la liberté individuelle , parce qu'il est bien plus doux pour le cœur du monarque de prévenir et réprimer le crime , que d'être obligé à le punir. Vous dites que cette loi est plus effrayante qu'aucune de celles qu'enfanta le délire révolutionnaire. M. Madier de Montjau a donc oublié cette *tant douce* loi du 19 fructidor an 5, l'opprobre de la législation révolutionnaire. L'émigré saisi , son nom prononcé , l'identité reconnue , le glaive s'abattait , et il y avait un français de moins. Regretteriez-vous la république , M. Madier de Montjau ? je le crois ; vous avez les idées un peu de ce temps. Je vous prierai même de me dire pourquoi vous avez évité de mettre le mot *royale* à la suite de

Conseiller à la Cour, en tête de votre lettre à M.
le comté Portalis, en tête de votre pétition
et de votre lettre à M. Bourdeau; ce mot vous
ferait-il peur ?....

Vous dites que les ministres ont rappporté,
comme ayant complété leur conviction, des
propos recueillis dans quelques tavernes, les
discours d'un mendiant; mais si les ministres
vous demandent, M. le conseiller à la cour de
Nismes, où vous avez puisé vos assertions
mensongères, quels lieux, quelles personnes
nommeriez-vous ? je crains bien que ce ne
soit pas même des tavernes ni des mendians.

Je ne défendrai pas les ministres du reproche que leur adresse le conseiller de la cour
de Nismes de ne compter pour rien les pro-
testations éloquentes des mêmes députés dont
les suffrages faisaient naguère la principale
force et la considéralion du gouvernement ;
ce reproche est trop partial pour mériter une
réponse.

M. Madier s'est dit : il est impossible que le
ministère ne soit pas dominé par une puissance
supérieure à la sienne. Pour la première fois
peut-être avez-vous eu raison, M. Madier ; une
puissance supérieure domine celle des ministres,
et cette puissance est celle...... du Roi. Cette
puissance est insurmontable. La résistance
serait superflue et dangereuse à ceux qui
voudrait la tenter.

Vous prétendez avoir vu l'éloquente requête de Madame la Maréchale Brune, appuyée par le corps des Maréchaux de France, appuyée par les vœux de la France, de l'Europe indignée, n'avoir produit encore qu'une procédure stérile. Lisez, M. Madier de Montjau, l'arrêt de mise en accusation contre le N....., seul accusé par la chambre d'accusation.

Vous avez cru, dites-vous, M. le conseiller, que votre pétition faciliterait aux ministres le moyen de quitter l'attitude périlleuse et humiliante qu'ils n'ont cessé d'avoir depuis le jour où ils étouffèrent les poursuites qu'ils avaient commencées contre les auteurs des notes secrètes. Vous vous croyez, à vous seul, plus de sagacité et d'esprit que tout le conseil des ministres rassemblés; ils ont fait des poursuites énergiques, et ce sont ces mêmes poursuites qui leur ont appris que de nouvelles étaient inutiles, et que tout ce grand appareil d'enquête n'aboutirait à rien; que ce serait, enfin, la montagne accouchant d'une souris : M. Madier de Montjau, le ridicule tue les choses, les hommes et les magistrats ; les ministres en ont évité un grand : heureux si vous eussiez agi aussi prudemment.

Vous vous plaignez que l'on ne vous ait point honoré d'une lettre sans fiel et sans menace, qui n'aurait renfermé aucune proposition dérisoire. Montrez-nous , je vous prie , où se trouve le fiel qui est, dites-vous, répandu dans la lettre de M. le comte Portalis ? où sont les menaces que l'on vous adresse ? Ah ! M. Madier de Montjau , votre imagination craintive à lu la lettre non comme elle vous a été écrite, mais bien comme elle aurait dû l'être. On pouvait vous inviter, dites-vous, à venir vous expliquer de vive voix avec M.ʳ de Siméon, ou M.ʳ de Serre. Vous auriez voulu sans doute que vos témoignages fussent secrets , quand votre ac-cusation a retenti d'un bout de la France à l'autre. Vous dites qu'alors vous auriez parlé: permettez-nous, M. le conseiller, de présumer le contraire ; vous voulez sans doute que votre dénonciation fasse le pendant du fameux secret d'un député. — Vous craignez , M. Madier de Montjau, que les ministres ne vous abandonnent. Si la vérité est la base de vos discours, ils seront votre appui ; si vous calomniez, ils vous aban-donneront ; vous serez délaissé , fui de vos parens , de vos amis , de vos connaissances, comme un homme atteint de la peste : tant le calomniateur est abhorré et exécré parmi nous.

M. Madier de Montjau répond au ministre, qui lui demande des renseignemens , des preuves , ou des commencemens de preuves qu'il doit avoir, « qu'il ne veut pas compro-

» mettre ses preuves dans une lutte exercée
» contre une faction qui sera plus puissante
» que la justice tant que les ministres la
» protégeront par le silence qu'ils continueront
» à garder sur le crime de haute-trahison,
» qu'eux-mêmes avaient signalé, il ne doit pas
» faire partager les *dangers qui le menacent*
» aux citoyens qui lui ont révélé les circulaires,
» jusqu'à ce que les ministres aient prouvé,
» par des poursuites franches et vigoureuses
» contre la conspiration de la *note secrète*,
» que ses auteurs ne sont plus les véritables
» possesseurs du pouvoir. »

Nous serons donc bien long-temps avant d'avoir des explications sur les prétendus faits avancés par le pétitionnaire ; car on a jugé qu'on ne pouvait raisonnablement poursuivre les auteurs supposés de la note secrète ; et M. Madier de Montjau ne veut parler qu'après leur jugement. Il veut accabler la victime, mais après qu'elle aura été terrassée : cela est très-prudent. Qu'ont de commun cependant les auteurs de la note secrète avec ceux des circulaires. M. Madier de Montjau prétendez-vous qu'ils sont les mêmes? Prouvez-le. Mais M. le conseiller est trop heureux, je crois, d'avoir trouvé un moyen de ne pas répondre ; nous verrons néanmoins si les moyens légaux feront plus d'effet sur M. Madier de Montjau.

Selon les onze douzièmes de ses concitoyens, il eut tort de parler, selon eux, il a maintenant encore plus de tort de se taire.

M Madier de Montjau a pris du goût pour l'impression ; il nous promet sous peu les *rapports* qu'il a adressés en 1819 aux ministres, sur les assises du Gard et de Vaucluse. Des faits importans et douloureux, dit-il, vont être dévoilés à la France. — Les collègues de M. le conseiller se demandent tous les jours quelles sont les affaires qui ont pu motiver en 1819 les rapports dont parle M. Madier de Montjau ; mais la peur lui fait voir des crimes partout ; les poignards se multiplient à son imagination fantastique ; il ne prononce pas deux phrases que l'une ne dise les dangers qu'il court ; mais on lui pardonne cette espèce de folie ; la force d'ame n'est pas donnée à chacun, et l'on ne peut pas faire à M. Madier de Montjau un reproche de la *faiblesse* de ses organes, et de la *timidité* de son ame.

J'arrive à la seconde Pétition adressée à la chambre des députés ; je la parcourrai rapidement, car elle ne renferme presque rien de nouveau ; mais je jetterai un dernier coup-d'œil sur la première pétition. Je reparlerai des faits cités par le pétitionnaire et je terminerai en faisant apercevoir à M. de Saint-Aulaire qu'il a été extrêmement mal informé, quand il prétend que pas une goutte de sang n'a été versée, que pas un excès n'a été commis durant les cent jours.

Je renvoie à M. Madier de Montjau au premier alinéa de sa pétition ; ce sera sa propre condamnation. « Lorsque l'orateur romain eut » découvert et dénoncé la conjuration de » Catilina, il en poursuivit les auteurs sans se » laisser *effrayer* par leur nombre et par leur » puissance ; il les poursuivit jusqu'à ce que » leur châtiment eût rassuré le peuple romain.» Telle n'a point été la conduite de M. le conseiller. On a comparé le pétitionnaire à La Vaquerie, à Mathieu Molé, à Achille de Harlay ; mais ces grands et augustes magistrats se seraient conduits autrement que M. Madier de Montjau ; s'ils eussent attaqué, dénoncé des individus, ils auraient donné les preuves nécessaires à la poursuite des accusés ; ils auraient dit, comme Cicéron : *quousque tandem abutere, Catilina.....* ; ils auraient nommé ceux qu'ils auraient présenté à la vindicte publique, et n'auraient pas caché leur nom par des raisons aussi spécieuses que celles données par M. le conseiller.

M. Madier de Montjau demande la mise en accusation des auteurs de la note secrète ; et prétend toujours qu'il ne parlera qu'après leur jugement. Mais, M. le conseiller, si la

Cour a déclaré qu'il n'y avait pas lieu à poursuivre des auteurs inconnus; si, enfin, le Roi a voulu éteindre cette procédure, et ôter aux prévenus même la honte de recevoir une grâce, comme il l'a fait pour tant d'autres, avez-vous le droit de demander la mise en accusation ? avez-vous le droit d'être plus sévère que le Monarque ?

Vous vous plaignez à la chambre de la lettre que vous a écrit M. le comte Portalis. — Vous dites qu'il a paru ne pas comprendre votre pétition. M. le ministre n'a pas dû la comprendre ; il a dû laisser tout le mérite de cette œuvre à M. Madier de Montjau ; mais aussi tout le blâme doit retomber sur lui, si le grand bruit qu'il a fait et qu'il prétend faire n'aboutit qu'à nous montrer jusqu'où peut aller l'exagération de l'esprit de parti.

Si les criailleries de ces brouillons faméliques étaient généralement dévoués au mépris et à l'oubli qu'elles méritent, les honnêtes gens ne daigneraient pas, sans doute, s'abaisser jusqu'à leur répondre, leur donner par-là une sorte d'existence. Mais il n'en est pas ainsi : ceux qui écrivent comme M. Madier de Montjau savent trop bien que cette manière de s'exprimer est utile pour acquérir de la confiance et de l'argent, et que la multitude aveugle, ignorante et si long-temps opprimée, doit naturellement n'avoir que trop de penchant à écouter les soupçons de toute nature.

Vous dites que presque tous les sicaires de Nismes étaient demeurés impoursuivis et impunis. Vous accusez, M. le conseiller, et le procureur-général, et le procureur du roi, c'est une calomnie; car calculez, s'il vous est possible, par les papiers que doit avoir votre ami le procureur du roi, le nombre des personnes que l'on à poursuivies, mais qui, faute de preuves, n'ont pu être mises en prévention, le nombre de celles mises en état de prévention et renvoyé par la chambre d'accusation. Visitez le greffe de la cour royale, et comptez le nombre des accusés acquittés et celui des punis, et vous vous direz alors que vous calomniez quand vous écrivez que la presque totalité des sicaires de Nismes ont été impoursuivis.

Vous dites qu'il faudrait que vous fussiez atteint de démence pour obéir à l'ordre que vous intimait le ministère d'aller attaquer sans autre appui que vos preuves et votre courage, la faction aux notes secrètes. Je crois qu'il n'y a jamais de démence quand un magistrat obéit à son chef; on ne vous a pas dit d'attaquer la faction, mais bien de déclarer ce que vous saviez sur les circulaires n.ᵒˢ 34 et 35. *Vous reculez*, quoi que vous disiez, *malgré les minis-*

(19)

tres , devant la nécessité des éclaircissemens. Vous
êtes peu courageux à ce que vous laissez aper·
cevoir, M. Madier de Montjau; les La Vaquerie ,
les Achille de Harlay et les Mathieu Molé, sur les
traces desquels vous prétendez marcher, l'étaient
beaucoup. Vous insulteriez, vous accepte-
riez même un défi, pourvu cependant que
quelqu'un daignât se battre pour vous ? Vous
prétendez, M. le conseiller, que votre bonheur
serait grand, si vous parveniez à exalter l'ame
des ministres et à augmenter leur fermeté
en les mettant sans cesse en présence de ce
grand Cicéron. Nous croyons pour votre bonheur
et pour le l'intérêt de la France, devoir vous
inviter à souscrire à une édition des œuvres
de ce magistrat romain; sa lecture vous est
extrêmement nécessaire, non pour exalter votre
ame, mais pour augmenter beaucoup votre
fermeté.

M. Madier de Montjau dit qu'il est environné
de proconsuls qui, sous le titre de commis-
saires extraordinaires du Roi, conservèrent
long-temps leurs effrayans pouvoirs au mépris
d'une ordonnance royale qui les leur avait
positivement retirés. Le fait est, je crois,
inexact. Je ne connais qu'un seul commissaire
extraordinaire , M. le comte René de Bernis;
il est bien prouvé qu'il reçut, le 28 juillet,
l'ordonnance du Roi du 19, portant révocation

de ses pouvoirs, qu'il cessa ses fonctions et se rendit à Toulouse auprès de S. A. R. le duc d'Angoulême.

Le pétitionnaire annonce à la chambre ses rapports sur les assises de 1819. Il faut les voir pour y croire. Il termine, enfin, par demander la mise en accusation des auteurs de la note secrète. — Vouloir analiser davantage la pétition de M. Madier de Montjau serait superflu ; ce n'est qu'un tissu de grandes phrases embrouillées ; c'est la défense d'un accusé pris sur le fait.

Mais je crois devoir retourner à la première pétition de M. Madier de Montjau, car la lettre écrite à M. Boudeau, procureur-général et membre de la chambre des députés, est tellement étrange qu'on ne peut y faire aucune observation.

Il est des faits qui, écrits isolément, inspirent et l'horreur et l'effroi, mais détaillés et rattachés aux temps, aux lieux, aux circonstances, ils sont bien moins horribles ; souvent même ce ne sont plus des crimes, ce sont de grands malheurs.

Si on remontait aux temps anciens, on verrait que les catholiques ne furent pas toujours les agresseurs, comme l'ont prétendu différens écrivains ; on verrait, en 1567, les religionnaires faisant massacrer, le jour de la Saint Michel, presque tous les catholiques, et précipitant plus de cent personnes dans un même puits; on verrait qu'en 1572, l'horrible Saint Barthélemi ne fut connue à Nismes que par son épouvantable renommée; qu'en apprenant cette déplorable catastrophe, l'évêque et le commandant de Nismes firent réunir tous les habitans catholiques et calvinistes; qu'ils se jetèrent dans les bras les uns des autres, et se jurèrent de ne jamais violer le sentiment de fraternité qui doit unir les enfans de la même cité. Qui a rompu le premier ce pacte sacré ? Nous lisons les horreurs commises en 1790 ; nous savons celles qui ont eu lieu dans les cent jours, et d'après ces rapprochemens nous jugeons.

Vous vous indignez, M. le conseiller, que l'on prétende Servant innocent. On le croit tel généralement ; aucune preuve n'a pu démontrer que ce soit lui qui ait porté le coup, qui a tué ; mais il était de la bande qui ramenait le malheureux ; sur la route, les uns veulent tuer le prisonnier, les autres veulent le défendre; un coup de feu part et l'homme n'est plus. Voilà l'incertitude dans laquelle s'est constamment trouvée la Cour de Riom. Servant n'a pas voulu nommer l'assassin parce qu'il lui tenait, dit-on, de trop près, il a mieux aimé périr lui-même. N'avons-nous pas vu M. le colonel Chambure commandant un corps de partisans, condamné aux galères parce que quelques hommes de sa troupe arrêtèrent une voiture où se trouvaient des *anglais*. Était-il moralement coupable? répondez?..

Boissin, que vous appelez assassin, aurait le droit de vous accuser de calomnie; car pouvez-vous donner *la preuve légale* de ce que vous avancez? On assure qu'il va porter plainte contre vous, et il sera curieux de connaître comment M. Madier de Montjau prouvera légalement que l'homme acquitté par la cour d'assises est un assassin. S'il eût été coupable, aurait-il pu échapper? Relisez la correspondance de M. d'Arbaud Jouques, et vous y verrez les mesures prises par ce fonctionnaire public.

« ...... Enfin, Monseigneur, il s'agissait ici 1.º d'assurer l'action et l'indépendance de la justice dans une affaire de parti ; 2.º d'assurer le maintien de l'ordre et de la tranquillité. Voici comment, dans une parfaite harmonie d'action et d'intention avec les autorités administratives, judiciaires et militaires, nous avons agi dans l'un et l'autre but.

Pour atteindre le premier but, j'ai composé avec tous les soins et toute la prévoyance possible, et de concert avec le président Noailles et le procureur général, seuls avec moi dans mon cabinet, la liste des jurés pour cette session si importante. Nous l'avons composée, en presque totalité, de fonctionnaires ou employés du Gouvernement, la plupart étrangers à ce pays, et par-là indépendans des passions qui l'agitent. Nous y avons mis les deux cultes dans la proportion de leur population respective. M. le Chancelier a témoigné à M. le procureur général combien il était satisfait des mesures que nous avions prises, et m'en a fait remercier.

» Quant au maintien de la tranquillité publique, quoique ayant la presque absolue certitude que les malveillans intimidés par le calme et l'assurance des autorités, par l'attitude ferme et les paroles sévères que je n'ai pas laissé échapper sans dessein, n'oseront faire le moindre mouvement; cependant je me suis concerté avec M. le marquis de Panges, général-commandant ce département.

» Nous sommes convenus de ne montrer aucune force armée plus nombreuse qu'à l'ordinaire, dans le service journalier de la place. Mais les troupes d'infanterie et de cavalerie qui s'y trouvent, sous prétexte de revues et d'exercices, manœuvreront chaque jour autour de son enceinte et seront prêtes chaque nuit dans leurs quartiers. Les patrouilles de nuit seront doublées. Après demain dimanche, le lieutenant-général, vicomte de Briche, sous le prétexte de venir assister à un grand bal que la garnison donne lundi à toute la ville, sans distinction de partis, passera en revue et fera manœuvrer sur l'Esplanade, aux yeux du peuple, toute la garnison et toute la garde nationale, infanterie et cavalerie, la gendarmerie et la garde départementale. Ce déploiement non affecté de nos forces inspirera, sans doute, quelques salutaires réflexions aux factieux, s'il en est, et à leurs aveugles instrumens, et nous mettra à même de juger par son attitude des dispositions de la garde nationale, que je crois très-bonnes, et que je n'ai pas négligé de faire prévenir indirectement qu'à cette circonstance s'attacherait définitivement l'opinion que S. M. aurait de son zèle et de sa fidélité, et les récompenses auxquelles sa bonne conduite lui donnait droit, depuis sa réorganisation en l'année 1815.

» V. Exc. voit par ces détails que l'autorité a fait ici, dans cette circonstance, tout ce qu'elle devait, tout ce qu'elle pouvait faire. *Elle doit être sans inquiètude sur tout mouvement. Le jugement du coupable est dans l'opinion et dans la conscience d'un jury parfaitement composé. Il est par conséquent au-dessous de nos mesures et de notre prévoyance. »*

D'après tous les moyens mis en pratique pour assurer la condamnation de Boissin, il se trouve acquitté. — Il est donc bien loin d'être coupable d'assassinat. Pourquoi a-t-il été déclaré innocent ? Je vais tâcher de l'expliquer. L'accusé fit paraître lors des débats un grand nombre de témoins qui déposèrent, les uns avoir été battus par le général, les autres avoir été renversés. — Un homme déposa ne devoir son salut qu'à la muraille à laquelle il était adossé, elle arrêta le coup que le général Lagarde lui *assenait*; un vieillard fut renversé par son cheval et reçut des coups de plat de sabre. L'accusé prouva qu'il fut lui-même maltraité par le général Lagarde; il avoua lui avoir tiré, il est vrai, un coup de pistolet, mais il prétendit que ce fut à son corps défendant. La loi veut que, lorsqu'un moyen préjudiciel est plaidé par l'accusé, il soit posé en question; le jury déclara donc que Boissin était convaincu d'avoir tiré un coup de pistolet sur le général Lagarde ; mais que c'était à son corps défendant.

M. Madier de Montjau demande quel ministre se croirait assez puissant pour ordonner en ce moment la poursuites des hommes qui ont *suicidé* (1) le maréchal Brune ? Comment, M. le conseiller de la Cour de Nismes, vous ignorez donc les travaux de la chambre d'accusation de votre Cour. Jamais les poursuites n'ont cessé et la Cour, comme je l'ai dit plus haut, vient d'ordonner la mise en accusation d'un individu, soupçonné d'être auteur ou complice de cet attentat.

On n'a point, M. le conseiller, étouffé la voix du courageux d'Argenson, comme vous le prétendez, mais on lui prouva que, député d'un département très-éloigné du midi, il avait été très-mal informé.

Je ne rappellerai pas toutes les proclamations

---

(1) *J'ai relu plusieurs fois cette phrase, et j'en ai cherché inutilement le sens ; les hommes qui ont suicidé, cela s'entend mais ne se comprend pas. Je cherche dans les dictionnaires de Boiste, de Gattel, de Wailly et de l'Académie, et je trouve suicide. s. m. (sui occidere) action de celui qui se tue lui-même, ce mot provient du latin sui de soi cædes meurtre. Je crois que l'écrivain aurait lui-même beaucoup de peine à analiser sa phrase, qui est fausse, incohérente, comme ses idées.*

publiées, mais j'en prends une au hasard qui est signée par le comte de Vogüe et M. le préfet d'Arbaud Jouques.

« .... Les autorités civiles et militaires du département du Gard saisissent avec le plus grand empressement l'occasion de montrer aux habitans du Gard la parfaite harmonie d'intention et d'action qui règne entre les autorités civiles et militaires de S. M. T. C. le Roi de France, notre bien-aimé souverain, pour le maintien de l'autorité royale et le rétablissement de l'ordre public partout où il pourrait être encore troublé par *des passions qui seront réprimées dans tous les partis et des actes arbitraires et brigandages qui seront punis, par qui que ce soit que ces excès aient été commis*...... »

Sont-ce là ces proclamations que vous prétendez incendiaires, qui, loin de vouloir calmer la rage des bourreaux, allaient soulever la lie du peuple?

Vous prétendez faire retentir cet arrêté d'un commissaire extraordinaire : voyons que dit cet arrêté !

« Considérant que le séjour de plusieurs citoyens dans des lieux étrangers à leur domicile ne peut qu'être préjudiciable à-la-fois aux communes qu'ils habitaient, à celles où il se sont rendus, à l'intérêt général, et même à leur propre intérêt, ordonne que les habitans qui ont quitté leurs domiciles depuis le commencement du mois de juillet, y rentreront, au plus tard, le 28 du même mois ; à défaut de quoi, ils seront réputés complices des malveillans qui troublent l'ordre public, et le séquestre sera provisoirement apposé sur leurs biens. »

Si le premier article de cet arrêté avait besoin d'un correctif, il se trouverait dans l'article 2 qui dit :

« Tous les français soumis sans distinction de croyance sont sous la protection du Roi et des autorités légitimes. En conséquence, toute provocation, toute insulte, toute voie de fait qui pourraient être commises contre les individus, quels qu'ils soient, et tous attentats envers les propriétés, seront punis suivant la rigueur des lois. »

Le commissaire du Roi pouvait-il mieux faire, pouvait-il prendre des mesures plus rassurantes pour tous, coupables ou innocens, mais atteints généralement de la peur ?

Vous parlerez, dites-vous, de ce sous-préfet, sous les fenêtres de qui six prisonniers furent fusillés à Uzès sans aucun jugement. Voici le fait exactement rapporté :

« .... Il fut prouvé que *Graffan*, capitaine d'une compagnie irrégulière, envoyé par ordre de l'autorité pour faire une reconnaissance militaire sur la commune de Saint-Maurice, dans le moment même où les révoltés de la Gardonnenque, livraient un sanglant combat aux troupes autrichiennes, et entre Ners et et Boucoiran, ayant rencontré de nuit un poste armé, et répondu à son cri de *qui vive* par celui de *vive le Roi*, fut riposté par celui de *vive l'empereur* et par des coups de fusils; ayant alors fondu sur ce poste à la tête de sa troupe, il les dispersa et fit six prisonniers, qu'il conduisit à Uzés, et que ces six malheureux, en entrant dans la ville, au milieu d'un rassemblement de peuple et de la troupe de *Graffan* qui s'était éloigné pour aller chercher *les autorités*, furent victimes de la fureur populaire non-seulement sans la participation de *Graffan* et celle du sous-préfet, mais qu'ils en témoignaient la plus vive douleur. »

Les horreurs que vous prétendez avoir été commises sur le cadavre de Mlle N. * * ne sont que dans votre imagination. La troupe fut, par ordre, au château de Vaqueirolle; en le visitant, une bâtisse nouvelle, dans la muraille, leur fit soupçonner quelque chose de caché, ils démolirent, mais rencontrèrent le corps de Mlle N. * * qui avait été enterré dans ce lieu selon la coutume de sa religion. Voilà tout ce qui eut lieu à l'égard de ce cadavre, qui ne fut point arraché du tombeau avec intention, mais trouvé en cherchant d'autres objets.

Vous parlerez, dites-vous, de ces danses de cannibales autour du bûcher du malheureux Ladet jeté vivant dans les flammes, où ses bourreaux le firent expirer..... Eh bien ! je vais prouver, Monsieur le conseiller, qu'il n'y a eu véritablement ni danse de cannibales, ni bûcher, ni bourreaux , enfin que le malheureux Ladet ne fut jeté dans les flammes ni mort ni vivant.

Le nommé *Ladet* , valet de ferme à la métairie du sieur *Chambaud* , âgé d'environ cinquante ans , fut étouffé par la fumée. — Voici cet événement tel qu'il a eu lieu et tel qu'il a été raconté par un domestique de la ferme au fonctionnaire public chargé par le maire de Nismes de prendre les renseignemens exacts et tels qu'ils ont été fournis par ce magistrat.

Une troupe de gens armés se portèrent à la ferme , croyant y trouver le Sieur Chambaud qui n'était plus propriétaire depuis environ deux ans qu'il avait vendu le domaine au sieur *Frat-Maystre* , lequel se suicida , à peu près dans le temps même de son acquisition. Le sieur Chambaud , très-violent révolutionnaire , était resté fermier du domaine et y résidait habituellement. Forcé de se cacher ailleurs , dans la crainte où il était d'être victime de son exaspération , il laissa dans la ferme un maître-valet et quelques autres domestiques ou valets.

Ces gens qui étaient protestans furent effrayés de l'approche de cette troupe de gens armés ; ils s'enfuirent , et il ne resta que le nommé *Ladet* , *catholique* ; les portes extérieures furent forcées , et après que ces brigands eurent infructueusement cherché celui qu'ils voulaient atteindre , ils dévastèrent la maison.

Le malheureux *Ladet*, le seul qui fût resté dans cette maison, s'était caché au fond d'un pailler où il ne fut ni *cherché* ni *découvert*. Aprés ces dégâts, ces brigands, en sé retirant, mirent le feu au pailler dans lequel, *sans qu'ils s'en doutassent*, était caché le *malheureux Ladet*. Cet infortuné, n'ayant pu se soustraire avant que la flamme eût fait ses ravages, fut étouffé par la fumée et son corps réduit en cendres.

Quant aux prisonniers français abandonnés sans pitié à la justice militaire autrichienne, voici ce que je sais et que je m'empresse de dire :

Dans le combat qui eut lieu entre Ners et Boucoiran, sur les bords du Gard, le 25 août 1815, entre les troupes royales et les troupes impériales d'Autriche réunies, contre les insurgés de la Gardonnénque et des Cévennes; trois hommes furent faits prisonniers *par les autrichiens*, au moment même où ils tiraient sur les *troupes autrichiennes*. Conduits devant le général comte de Stharemberg, les autorités françaises les réclamèrent, mais M. le général les fit prévenir que ces prisonniers appartenaient à l'armée autrichienne et à la justice militaire, et que, d'après les lois de cette justice, des habitans révoltés contre l'autorité légitime, et pris les armes à la main contre des troupes de

ligne, ne pouvaient être considérés comme
des prisonniers de guerre, et auraient dû
être fusillés sur le champ de bataille même.
Il n'y eut donc aucun abandon de la part des
autorités ; ils cédèrent à la force. L'ordre du
général comte de Staremberg fut leur seul
jugement.

Le massacre prétendu qui suivit la capitu-
lation du 13.ᵐᵉ régiment de ligne est rapporté
de tant de manières différentes et si fausses,
que je crois d'une grande utilité de raconter
ce fait avec exactitude.

Le dimanche 15, le peuple de Nismes dé-
sarma la garde urbaine, et demanda que l'artillerie, renfermée aux casernes, lui fût confiée,
pour qu'elle ne fût pas livrée au général Gilly
auquel on pouvait la faire parvenir ; ce général
qui, ayant évacué Nismes le 15 à la tête de
80 chasseurs à cheval, de quelques fédérés et
des paysans de la Gardonnenque, avait pris
position à quelques lieues de cette ville. Beaucoup d'habitans des campagnes, armés de tout
ce qu'ils avaient pu se procurer, étaient ac-
courus. Les fédérés et les compagnies franches
étrangères étaient malheureusement renfermés
dans les casernes avec les troupes ; on était
près d'en venir aux mains. Le général qui avait
remplacé le général Gilly dans le comman-
demement, et le maire de la ville, s'interpo-

sèrent pour rétablir la paix : il fut convenu que l'artillerie serait conduite aux Arènes sous la garde du peuple.

Par suite de cet accord, le peuple, formé en colonnes par les chefs qu'il s'était nommé, marcha avec un drapeau blanc par le boulevart des Calquières, vers les casernes, afin d'y recevoir l'artillerie; mais à peine cette troupe débouchait pour se former en bataille, que les portes des casernes furent fermées, et qu'une vive fusillade, partie des fenêtres, tua et blessa plusieurs royalistes. La trahison aurait été plus complète sans le courage d'un officier d'artillerie de la garde urbaine, qui se lança sur une pièce chargée à mitraille, placée sous la porte de la caserne et enleva les étoupilles.

Les Nîmois furent déconcertés d'une surprise qui aurait pu ébranler des troupes plus régulières ; ils se rangèrent le long des maisons qui avoisinent et sans aucun retranchement ; ils soutinrent le feu jusqu'avant dans la nuit.

Cependant le tocsin de la ville, répété de proche en proche dans les campagnes, amenait à tout instant de nouveaux renforts aux royalistes ; et cette émigration des campagnes vers la ville dura toute la journée du lendemain. Les casernes capitulèrent, les troupes sortirent pour être dirigées sur Uzès, et ce fut sur cette route que des bandes de paysans, accourant au son du tocsin, les rencontrèrent, et en tuèrent quelques-uns : ce fut un malheur qu'on ne put ni *prévoir* ni *prévenir*.

Je ne ferai aucune réflexion sur l'exagération qu'a mise le pétitionnaire dans le récit des faits cités à l'appui de sa demande : elle est trop visible et trop démontrée, pour y rien ajouter; cette exagération seule peint l'écrivain.....

Comment M. de Saint-Aulaire peut-il affirmer, lui député du département, qu'il ne s'est commis aucun excès, et que pas une goutte de sang ne fut versé durant les cent jours, sinon, dit-il en se reprenant, sur deux individus à Arpaillargues, encore était-ce une querelle de cabaret.

Vous me forcerez, M. le député, à retracer le tableau de cet interrègne affreux, et peut-être les traits n'en seront-ils pas moins noirs, ni moins horribles, ni moins hideux que ceux tracés par le pétitionnaire.

Vous me forcerez de parler de ce volontaire royal précipité dans le Rhône, se rattachant dans sa chute aux entablemens du pont; je vous montrerai des bourreaux se laissant glisser jusqu'au malheureux, lui donner des coups de pied sur la tête pour lui faire lâcher la pierre qui lui servait de soutien, mais ne pouvant pas en venir à bout lui couper à coups de sabre les mains qui le suspendent encore au-dessus du torrent qui doit l'engloutir..

Je serais obligé de citer ce village d'Arpaillargues où un grand nombre de ces volontaires
trouvèrent une mort affreuse. Je vous parlerai
de ce *Boucarut* parcourant les rues, l'épée nue
à la main, engageant les habitans à prendre
les armes ; je vous montrerai les volontaires-
royaux, sur les demandes qui leur sont faites,
remettant leurs fusils et renversés aussitôt
après par une vive fusillade. Les hommes, les
femmes se précipitent sur ces malheureux qui
respiraient encore. Je dirai comme *ON ÉCRASA
AVEC UNE PIERRE LA TÊTE de l'un
d'eux qui n'avait plus qu'un souffle de vie ;* je
dirai qu'une femme enfonça à plusieurs re-
prises sa fourche dans son corps. Je vous parlerai de ce malheureux Chambon recevant
des coups de baïonnette, de broche, de
fourche, de sabre, après avoir eu la cuisse
cassée d'un coup de feu ; près d'être jeté
vivant sous du fumier, il fut recouvert de ronces
et d'épines qu'on foula sur son corps.

Dans cette exécrable journée, hommes,
femmes, enfans rivalisèrent de férocité et de
cruauté ; on vit des femmes enfoncer des
fourches, des ciseaux, des couteaux, dans le
corps des victimes.

Qui pourrait entendre le récit des crimes
commis dans cette soirée sans avoir éprouvé
un cruel serrement de cœur ? Quels cannibales

commirent jamais, en effet, plus de crimes, plus de cruautés que les habitans de ce village, dans cette déplorable soirée.

Elle ne fut qu'une longue tragédie dans laquelle les femmes elles-mêmes surpassèrent les hommes en barbarie. Ce ne fut ni pour vaincre un ennemi, ni pour conserver leur propre vie qu'ils donnèrent la mort aux volontaires-royaux, puisque ceux-ci avaient d'eux-mêmes rendu leurs armes ;...... Mais ce fut pour assouvir la soif du sang de ces royalistes, dont ils étaient altérés.

Je parlerai du curé de Clarensac, poursuivi par ses paroissiens dans sa demeure dont on forma pour ainsi dire le siége, et ne devant son salut qu'au faux bruit du retour d'un grand nombre de volontaires-royaux.

Je parlerai de ces malheureux *Miquelets* arrêtés sur les routes, dépouillés, trouvant la mort dans plusieurs villages où on les massacra, après avoir échappé au premier danger ; et parvenant même jusqu'aux approches de Nismes, ou jusqu'aux barrières, ils étaient dévalisés complètement, maltraités et conduits en prison par des compagnies de gardes nationaux et des postes de la garde urbaine composée par les NOTABLES du parti dominant.

Je vous parlerai de ce malheureux auquel ces monstres crevèrent les yeux avec la pointe d'un sabre, et auquel ils coupèrent les oreilles.

Je vous parlerai de cette fille de Saint Chaptes, qui renversa d'un coup de faux un jeune homme qui s'échappait des mains barbares du père.

Je vous rappellerai cet arrêté d'un proconsul qui ordonna l'exil de MM. Lavondès, Vampère, Souchon et Terme.

Je vous montrerai les maisons de MM. Talagrand, Combet, dévastées par les soldats ; je vous montrerai celles de MM. Jacques Riche, Thomas. Ribiere et Fournier, dévastées par la garde urbaine qui abattit même à l'un d'eux, d'un coup de sabre, le petit doigt de la main gauche.

Je vous nommerai cet officier de la cohorte urbaine qui , jouant un jour dix louis sur une carte, s'écria hautement *que cette somme lui provenait de l'argent des miquelets* ; et cet autre qui, jouant de même fort gros jeu , répondit à quelqu'un qui s'en étonnait : *bah! bah! ce sont les miquelets qui paient.*

Je vous parlerai des excursions de cette garde urbaine ; je la montrerai dans ses campagnes de Saint-Gilles. Je dirai que M. Baron, conseiller à la cour royale , était malade depuis un mois dans cette ville, son pays natal ; qu'il ne voulut pas prêter serment à Buonaparte, et que la garde urbaine voyant en lui un conspirateur, sa maison fut pillée ; on l'arracha de son lit ; on le garda une journée entière sur la place publique de

Saint-Gilles ; on le traîna la nuit suivante dans les prisons de Nismes , à travers une population qui l'accablait d'imprécations et criblait de pierres sa voiture où sa respectable fille Mme de Trinquelague lui faisait un rempart de son corps.

Je parlerai des excès commis à Bouillargues chez M. Vigne ; je vous parlerai de ces brigands qui voulurent trancher la tête d'un enfant de quatre ans, qui jouait dans un coin en répétant le refrain d'une chanson : *C'est un Bourbon*. Je nommerai ce gendarme, qui plus humain eut beaucoup de peine à sauver les jours *du coupable enfant*.

Je parlerai de ce cultivateur assassiné, près le château Latour, par des personnes d'un *rang distingué* ; je citerai en témoignage le juge de paix de Saint Chaptes. Je parlerai de ce prêtre vénérable poursuivi à Maruejols-lez-Gardon, sur lequel on tira trois coups de fusil, et qui ne dut son salut qu'à des personnes accourues au bruit. Je dirai que la terreur était telle que le chirurgien n'osa se transporter chez le malade, et que celui-ci mourut par l'effet de la gangrenne.

J'appellerai en témoignage le sieur Bouet, maire d'Aubussargues, et le sieur Meric, maire de Brignon, calvinistes, qui s'exposèrent pour sauver des catholiques opprimés.

Je ferai certifier, par M. Roux, que des excès, des crimes ont été commis. Ce président de l'église consistoriale d'Uzès, pendant les cent jours, voyant des malheureux catholiques prêts à être égorgés par des calvinistes de son église, méprisant tous les dangers pour lui-même, se précipita au-devant des poignards et des baïonnettes de son troupeau égaré, couvrit de son corps les victimes et fit tomber les poignards des mains des assassins par ce noble et touchant dévouement.

Je rappellerai l'assassinat commis, le 26 mars 1815, sur la personne d'un volontaire royal de Montpellier, nommé *Lajute*, faisant partie d'un détachement qui se rendait au Saint-Esprit.

Je serais obligé de dépasser de beaucoup les bornes que j'ai prescrites à mon écrit, si je voulais rapporter toutes les scènes horribles, hideuses, qui se sont passées dans ces fatales journées.

Pas UN EXCÈS n'a été commis, pas UNE GOUTTE DE SANG ne fut versée !!!!!

Presque toutes les victimes des cent jours s'étaient tu depuis cette époque, désirant *l'union et l'oubli*, sachant que l'on ne peut être véritablement assuré de l'une que lorsque l'autre aura été réel. Mais ils apprennent avec étonnement, par sa réception de Paris, l'existence d'une pétition dressée par M.ᵉ Barbaroux, avocat, au nom des veuves, femmes, filles et parens des victimes de 1815; ne voulant pas retenir plus long-temps l'expression de leurs plaintes, puisque des personnes insensées veulent continuellement revenir sur le passé, *les victimes des cent jours* forment actuellement une pétition à la chambre des députés, dans laquelle ils demandent justice.

« *Il eût été facile* aux DEUX CENTS signa-
» taires de la pétition, TOUS HABITANS DE LA
». VILLE DE NISMES, *de réunir tous ceux qui*

» *sont dans la même position qu'eux, pour pré-*
» *senter à la chambre le* TABLEAU COMPLET *des*
« *crimes du Gard. Il leur eût été facile de donner*
» *plus de poids à leur réclamation, en offrant*
» *une plus grande masse de signatures, mais sans*
» *rechercher* L'ÉCLAT, *ils ont fui* L'OUBLI ; *ils*
» *demandent justice, et justice toute entière* (1) »

M.ᵉ Barbaroux n'a pas trouvé que la Cour royale fût un terrain assez vaste pour son talent ; il veut une renommée plus étendue ; il marche sur les pas de M. Rey, de Grenoble, homme d'une érudition profonde, d'un talent distingué, et d'un mérite rare. Souvent, en voulant imiter de plus fort que nous, nous fléchissons et succombons sous le poids que notre faiblesse ne peut soutenir. Ce que M. Rey fit à Grenoble, n'est point faisable à Nismes. Rarement on brave impunément, par ses écrits, l'opinion d'une population entière.

M. Madier de Montjau vous a donné un exemple dangereux ; il s'est placé dans une position excessivement fâcheuse ; de quelque manière qu'il prétende en sortir, je crains beaucoup que ce ne soit pas sans que sa réputation n'ait subi quelques atteintes désagréables.

Il avait promis de parler, il se tait, pourquoi?... C'est sans doute parce qu'il ne s'attendait pas à ce que sa pétition fît tant de bruit et qu'il ne sait que répondre, s'étant lui-même forgé dans son esprit la plus grande partie des faits dont il donne si charitablement connaissance.

---

(1) Pétition adressée à la Chambre des Députés, et dressée par M.ᵉ Barbaroux.

M. Madier de Montjau, dans sa puérile vanité, appelant vertu, sagesse, probité, son amour pour ses opinions, déclare malhonnête-homme quiconque ne pense pas comme lui, assure qu'il a tout fait, qu'il fait tout, que sans lui tout serait perdu, crie, menace, cherche à intimider et embrasse avidement ou repousse avec horreur des choses qu'il connaît mal et des mots dont il a négligé de comprendre le sens.

Mais, Monsieur le pétitionnaire, nous soupçonnons le sujet de toutes ces demandes, et je vous dirai, avec un auteur dont j'emprunte les paroles : dominer, voilà votre but ; faire naître des dissensions et des guerres civiles, voilà vos moyens ; supposer qu'on va vous persécuter pour intéresser en votre faveur, voilà votre ruse ; étouffer par la calomnie la voix de ceux qui ont été victimes des excès de vos amis, voilà votre défense et votre force.

Mais c'est vainement que vous voudriez, par vos écrits, détruire notre repos. Le gouvernement saura veiller à notre sûreté, et empêcher que des malveillans, sous quelque prétexte que ce soit, fassent des efforts pour mettre fin à notre tranquillité « *Les ordres sont* » *donnés pour qu'une information exacte et sévère* » *mette enfin le gouvernement du Roi à portée* » *de CONNAITRE LA VÉRITÉ, et les tribunaux de* » *punir LES PERTURBATEURS DE L'ORDRE PUBLIC.* »

FIN